阳光文库

秋日来信

雪 舟 —— 著

黄河出版传媒集团
阳光出版社

图书在版编目（CIP）数据

秋日来信 / 雪舟著. -- 银川：阳光出版社，
2019.12
　（阳光文库）
　ISBN 978-7-5525-5175-4

Ⅰ. ①秋… Ⅱ. ①雪… Ⅲ. ①诗集－中国－当代
Ⅳ. ①I227

中国版本图书馆CIP数据核字(2019)第279313号

秋日来信

雪舟　著

责任编辑　谢　瑞
封面设计　晨　皓
责任印制　岳建宁

黄河出版传媒集团
阳　光　出　版　社　出版发行

出 版 人　薛文斌
地　　址　宁夏银川市北京东路139号出版大厦（750001）
网　　址　http：//www.ygchbs.com
网上书店　http：//shop129132959.taobao.com
电子信箱　yangguangchubanshe@163.com
邮购电话　0951-5014139
经　　销　全国新华书店
印刷装订　宁夏凤鸣彩印广告有限公司
印刷委托书号　（宁）0016045

开　　本　720mm×980mm　1/16
印　　张　12.75
字　　数　100千字
版　　次　2019年12月第1版
印　　次　2020年1月第1次印刷
书　　号　ISBN 978-7-5525-5175-4
定　　价　36.00元

目录/CONTENTS

（带★篇目为朗读篇目）

来自秋日的散漫阅读

它是一首布罗茨基弹唱的《钟摆之歌》，尽管

这对于我是新的一天。同样，墙壁上，一座钟的

摆动没有新生的脾气和界限

"这些抒情诗中的主角，往往是一个孤独、渐老的

人，他鄙视自己的外形，这外形被时间损毁了……"

"一个人唯一可以用来对付时间的工具，是记忆。"

小野丽莎，在山谷里，低吟浅唱

现在，落叶已飘满山谷。一个音节，晚秋的

蝴蝶飞向，一溪的颤音，阳光

找寻每道山谷，每棵落叶的树，挽留一样

照彻山峰，半山腰，谷底……

谁将缤纷的落叶，扫进一面湖的上游？

"把他的狂喜和幻想从啰唆中拯救出来，使最朴素的

言辞也染上克制的色彩。……"

苏珊·塔格 "生是一部电影，死是一张照片。"

"仿佛他已选择了听任命运把他安排在那里；选择了

与

平民为伍……"

在时间改变我们之前，噢，时间

那天空之上，白云，太阳撒下的光线
蓝色天际，群峦迤逦，时间回收果实
不要忘记王维，山居里，笑傲的山水
谁会在秋山下，等你

"钟摆迟早会明白钟座加诸它的限制。钟摆无法超越
四壁，……明白到它被迫摆动的两个方向是注定的，
……受制于进行中的时间"。

噢，在时间改变我们之前

鸟鸣，掌控看我们还没有读完的章节
树叶也一样，它们出场，离场的秩序
从来都受限于枝条，风的偶遇
一座山谷，就是一座巨大的风箱
它设置的藏身处和生活，已允许我们
在晚秋的涧溪，遇见
下山的野鹿。它是你前世的亲人

沉　没

黄昏散尽，我从海边回来
阳台上远眺，暮色的护送下
大海在慢慢沉没
黑暗收回了它全部的海水
爱，也是沉没的那部分
你在慢慢收回——

爱的容器

雨滴保留最后的甜味

雨滴弹跳在海面上

一只海鸥噙着的雨滴

流入我眼眶

雨滴密集。大海竖起。沙滩后退

岛礁陨落于苍茫

雨中的男人，女人和孩子

忘记了奔跑的方向

雨滴，天空恩赐大海的淡水

我们却都没有爱那样宏大的容器

海边一日

我坐在旋转阶梯口的沙发间

读一位诗人写大海的诗篇

阳光透过高大的玻璃窗

晒热了大厅的一盆绿植纤长的叶片

阳光也晒热了临窗的一片草坪

孩子追逐着风吹起的气球

她年轻漂亮的妈妈

爬在草地上给她拍照

隔着玻璃我似乎能听到她们的笑声

晨风吹拂着茂盛的防风林带

不远处的大海波光荡漾

这世间安静的一日

会不会在我的有生之年重现

大海没有打伞

暴风雨来临前

大海动荡不安

沙滩上的男人裹紧了衣衫

女人躬身按住一再飞扬的裙袂

海鸥啄着浪尖

大海没带雨伞

风浪迎接雨的到来

反复举高隆起的黑脊梁

千万道雨帘罩住了大海

没有打伞的大海

在雨中淋着雨

像受了委屈的人

无人安抚大海抽搐的肩膀

眷 念

大海轰响不息

我坐在天黑下来的房间

也能听得见

大海在黑夜生出的浪花

一定是白的

我坐在房间看不见

能听见的大海是耳朵里的大海

看不见的大海是心里的大海

我在异地他乡想你

听不见

看不见

岛礁一样想念潮汐

小舟一样思念岸线

与大海同眠

我想拥有窗外呼啸的大海

我想像一阵大风刮空大海

我想搬动身下这张床

与大海同眠，轻轻拍打

它起伏的波涛，让它平静下来

让悬着的天空匍匐于它平缓的呼吸

大海真的平静下来了

我却与内心的大海搏击了一夜

浪 花

我寻找葬身大海的词语

波涛涌来，阻我前往

清晨的海岸线，什么都没有

除了柔美的沙滩

除了浪花一次次勾画

白茫茫的岸线

像一个反复画错，反复擦拭

长不大的孩子

大海的作业一直没有写完

夜里究竟发生过什么

大海抹平了所有的印痕

却拒绝承认

乐 章

大海在窗外欢腾

即使海上无月助阵

大海自己在欢腾

后浪涌动前浪

互不相让

不知疲倦的大海

让我对平静的生活陡然心生疑惑

过去交给遗忘

未来苍茫空濛

聆听多变的浪花合奏的乐章

你才会体悟喧嚣里生长的宁静

松树种在大海边

凌晨四点多
大海就摇醒了黎明
他去了海边
捡拾女儿在电话要说的
喜欢的海螺和贝壳

在干旱的西北
他天天上山察看
自己种的松树苗
他不是林区工人
却把老家搬迁后
荒下来的每一块空地
都栽上了树苗

现在，他站在无垠的沙滩上
这里能种树苗吗
要是种上树会有多好看
可大海好像并没有听见

海岛一夜

外面下着雨

我想，要有胶州湾海一样大的容器

悬在空中，把海水蒸发的部分

收集起来，运到干旱的西北

在黄昏

我目送一只流浪狗

走过黄昏时的海边

海浪涌来

它像人一样蹦蹦跳跳

躲开泛起白色泡沫的岸线

一串串孤零零的爪印

迅速被波浪抹去

海水就干这一件事

海水反复给礁石浇水

反复浇，无始无终

直到把我的心浇透、灌满

从边沿从凹陷的褶皱

漫漫溢出

海水就干这一件事

不管多少年前还是多少年后

只是不停地汹涌澎湃

而我也一直在想一件事

反复想，想了几十年

也没有想透

这一肚子苦水的源头在哪里

祈 祷

大海啊，请你淘洗我的五脏六腑

淘洗我五十年的风沙

让我心干干净净回到西北

创　造

——肯定不是沙滩，也不是暗礁
不是岛屿。那么是鸥鸟吗

不是包藏海面的大雾
更不是晨雾中看海的人

——是雾中脱身踩着风火轮的
一轮旭日，大海才呈现了它完整的面目

大海的婚礼

海浪一遍一遍扑向礁石

海浪反复给礁石披上婚纱

海浪的爱激烈又汹涌

退潮以后

礁石孤零零的

望着自己的婚纱被大海拖走

寨　河

我来自黄林寨，村南

有一条河，没有人说出河的名字

现在，我叫它寨河

河南有道山梁，村人叫它南梁

梁南，有个兰大庄，是我十岁前

到过的最远的南方

寨无门，无栅栏，沿川道可达盛义河

每至夏日齐腰的河水

在两岸密不透风的白杨树林间奔跑

流向未知的东方

北面有座虎家山，爬到半山腰

就是红石沟，站在崖畔

眩晕的身子，小树般摇晃。

我常去的地方，在西山脚下

过了村小学校，穿过石墙垒起的巷道

跨过木桥，北边，院子有三棵梨树

的青瓦房，是姨家

再向西，就到了寨河涌流的

大河岸。大南沟，小南沟
和大西沟的涧水汇集于此
河水青白，龙蛇曲行于山乡。
没见过有谁将它挡住
高大的老水磨也不行，只敢
在它的身旁引一股水
轰隆喧哗在一个少年的耳畔。
五十岁以后，我曾找到它汇流的
大河岸
只见河石裸露，荒草挤窄了河滩
河水如溪，瘦若一线
缝补着两岸嶙峋的崖畔。
而河两岸我的亲人
有的已长眠于此，活着的
正在艰难穿越生活这狭小的针眼

盛夏在底沟村

人去空村留——

河水出了峡谷，就流向甘肃

山坡间，野花兀自开且落

没有谁，能带走这苦寒之地

曾经的生活，野棉花向暖，石竹花争艳

野豌豆荚，结籽饱满，野菊成片

独活一半开白花，一半碧绿举伞

对了，独活，这味入药的草

祛风散寒，除湿止痛，在这只留下

十几户人家的山野，显然

别有天意，生长着上苍眷顾的秘密

草 河

清晨的割草人

几乎割起了雾气

一堆，一堆，青草梗

排队列阵，被送往饲草场

这却是牛羊的美味

树木瞬间有模有样

林子里开阔敞亮

像竖立了许多比树还高的镜子

站在环绕着亭子的曲径

你就可以看见

青草汹涌的草河

在包布头巾女人的胯下

草汁飞溅，直至断流

草地肚皮朝天

准备迎接浩浩荡荡的秋天

秋日来信

写一封信没写地址
你没有收到
是正常的

因为我还没有寄出
因为秋天来了
风吹得信笺激动不已

故　事

夏夜，女主人熟睡

而书中的女主人公

滞留在下雪的火车站

书架上众多的故事

都会在今夜沉睡

故事里窗帘颜色深浅不一

车站外的雪真大呀

落上她暗红色披肩和头发

却不会落在女主人

伸出的微凉的手臂

火车在远方吐着白雾

车站的钟声响在某年某月

逝去的一切在书页间受困于雪

窗外或许有月，手臂一样白着

雪一样亮着，这样的夜晚

你会是两节枕木之间的沙粒

还是一部因打开而倒扣的书卷

桦树的声音

山中移来的桦树

在街区绿化带别于其他树木

上溯一百年，这里曾是

桦树生长的地方

再过一百年，桦树还叫桦树

行人，只是一片叶子

不会随意离枝，却会

随风而动，发出桦树

历久弥新的声音

雨　夜

已经过去的雨

不会下在今夜

那夜的雨

已经落地成溪

什么事都没有发生

只是雨敲打着橙色坡屋顶

老梨树，青石板路，铁质门柄

还有路灯下微黄的光

浸泡在蓄积的水中

以及因亮光而生的影子

湿漉漉的

在固原南河滩想起学生时代

三十年前
从老汽车站书报亭出发
走在返校的路上
如果怀揣一本《诗刊》
穿过这条拥挤脏污的街道
就会走得气宇轩昂
尘土飞扬

山中有寄

若友朋偶尔问起我

就告诉他，我去了山中

那山中夏日云雾缭绕

谁寻也难遇

遇到流水你问一问

撞见麋鹿，跃过涧溪

你且随它西去

你喊一声，整座山

就空灵如一块巨石

有人会在石中应答

秋日，山楂红了

我便会回到山下

这些年

这些年，我都在一意孤行
这些年，我举着一盏迎风的灯
这些年啊，我不惧风雨不说晴
像一座空山，聆听风暴过后的回声

岁　暮

用一座山的胸膛将雪喂大，
用十万棵松树将雪喂大，
用一颗虎头般的落日将雪喂大。

托窗口一双眼睛，
披霜的光线替我将岁暮挽留。

——山水的启蒙，稼禾的教育，
乾坤旋转，自由的雪负荷我的苍古。

瘦日如父，
荒草有众友，万籁听浩歌，坐等天明。

胭脂峡观冰瀑记

凝固的只是水，不是时间
峡谷里赶路的不止我一人，还有
低下身子的白龙，蜿蜒绵亘
谁说它不在悄然蠕动？总有心结
悬空于此。伸手拽着自己扑出胸膛
的柔肠，已来不及——

那就干脆倾身而出，奔向未知
时间施以援手后，水已成冰
重叠的琼浆持续向上攀登，旋涡
是埋没的梯子，隐匿的力量
织缀失去形体的喊声。整座峡谷
都在等待，破冰的风

立夏小记

苍凉出鞘
春水离岸。

祁连山，山连山，山攒山
一只麻燕稳住早晨飞驰的鞭哨。

雨夜，能与自己对峙的
一桌一椅，一卷旧书
和窗外一株椿树，抽出的新芽，黑在吃。

我看见大地裂开的骨殖
我听见树木青草汹涌，修补的力量，分秒必争
织缀破损的地衣。

阳光照旧的山川还要我反复披在身
吹过亡者的风，拂柳，催青，山脊驾雾腾空。

我并没有将你留住

总有撒手的那一刻，枝条松开落花的指尖。

陇山，微雨，拂袖而去——

群峰颔首
群峰随云走。

孤峰坐享万木簇拥的欢乐
孤峰，等待翅膀许久了——

鹰

鹰，看见了什么——

是倚墙而立，仰望天空的你
还是不远处艰难转身
弯曲的黄河

你看见的——
神也看见了吗

神居住在半坡有庙宇的山上
鹰，住在半空

有那么一刻，鹰，几乎一动不动
我的心紧了一下

当它把铺展开的双翅紧紧合拢又轻松打开

天空松开了鹰

峡谷松开了河流

"神仙也挡不住人想人……"

送孤峰

在山中
我常常忘乎所以
指认石头喊兄弟
看见花儿唤妹子
望见落日，就招一招手
将和我说了一晌午话的
那尊孤峰，送去
送给落日骑
于是，孤峰一路追随
度过了漫长的黑夜与沉寂

夏日山中

我习惯了沉默

闭口不谈古论今

晨做露水，只为草木噙住泪

昼为白云，憋着闷雷的悲喜

暮晚，就黑着脸

就坐下来，悬崖般壁立千仞

山中美人已迟暮

且随山月去对弈

明日，明日，还要赶路早起

月下吟

白鹭，两只，立在河流中
落日游至上游的水面
陇山横亘，黄昏庞大
白鹭以它们为背景
流水欢快，白鹭欢乐
以黄昏的白鹭为背景
一道峡谷瞬间明亮起来
我却迟迟不愿离开
我在等月登上崖顶
拽着我唱那《月下吟》
"水中白鹭为月白
月白人淡吟月归"

致未来的诗人

1928 年，塞尔努达离开塞维利亚
他写道："我在马拉加停留数日，那里的海令我
着迷（直到晚年我才再次见到那样的大海）。"
我想将马拉加改成陇山下的泾河滩

后来，他写道："路过米歇尔大街，一家家书店
门外桌子上都堆满了书，占上一半人行道……
在巴黎的时间，我都用来观察，用来漫步，
用来读书。惟愿能永无止尽地停在那里。"

我想将米歇尔大街改成龙潭北路，巴黎改成
泾源，你知道的，这行吗？这是 90 年后的事情
一本薄薄的诗集，名叫《致未来的诗人》

清　凉

石头卧于湖水

整个夏天狮子也卧在湖水里

它们分享着清凉

不同的是，当湖水排空

狮子起身，回到山冈

所有的树木因为它的到来

身披金黄的盛装

而石头却无法远走他乡

石头要保留湖水体内

那一缕清凉的源头

月亮升上来的夜晚

狮子站在山冈

看见月亮正在向湖中

注入微蓝的月色

泛着银光的湖水

克制着自己的波浪

而不溢出狮子的梦境

我钟情玻璃一样的生活

这易碎、尖锐、透明之物
却有着深不可测的过往
它迷恋一切明朗的事物
凡它能见之物，莫不经它关照
即使庞大的山脉，高耸的楼群
低矮的树木，以及天空、日出和暮光
即使瞬间掠过的车辆，散步的行人
一只追逐红色塑料袋的流浪狗，飞来飞去的
小虫，慢条斯理的尘埃……
我曾在屋檐下
分明看见它接纳了一阵暴雨
却听不到它肆意倾诉的哭泣
它曾在寒风凛冽的早晨吞进一场大雪
我却找不到它贮藏冰冷之物的处所
它对面前这棵槐树
情有独情，即使它已树冠干枯
这一切，多像我钟情的一种生活
透明，尖锐，易碎
需要小心轻放，常常擦拭
保持对所见之物的敏感和深情

另一种美
——在韩国文化院听古琴独奏

一只手，并不听另一只手的指挥
各弹各的，但分明出自同一人的身体
两只手妄想将你的两只耳朵分开

一只手裂帛，另一只手在做别的
像是在赶制一件外衣，针脚细密
完美的分开了美，一心二用
在一首古琴曲里，是褒奖过的
两只手都不让对方有片刻歇息
它们在互相寻找，停不下来
此消彼长，一高一低
其中一只手间或要捻到
心中无限事，真不容易
而另一只，努力向远方伸展的手
因常年演奏，手指明显变长
几乎可以摸到有山水的故乡

她微微俯身的另一种美

只向琴匣里装盛的故乡，只向
手指间弥漫的深情沉醉

辣椒面

到了给羔羊断奶的时候
母亲会给母羊奶头抹辣椒面
我见过母羊因辣椒灼躁
大声叫唤，原地转圈
自己抬蹄揣自己
可当羔羊跪下来吃奶时
母羊瞬间会安静下来
祥和的脸上会淌下泪水
羔羊尝到辣味，会停止吃奶
舌头不停地舔红红的嘴唇
扯开嗓子在母羊身边叫唤
又蹦又跳。这一刻
站在灶火门口的母亲
给羔羊递上一碗清水
也会悄悄抹泪

二　月

二月适宜观察

雪地里的一棵树

早晨的阳光释放了

它内部生长的欲望

金色的光线

像在给它浇水

下雪天

所有的枝条

都会张开毛孔

吮吸雪花里的蜜

它通体透明

简约的胴体

远离风暴

挪移着一座森林

聚集的美

送鸟鸣

雨水节气已过，山中无所有

无非是树枝一遍一遍，在群山中

摇醒鸟鸣；无非是高处的雪

披头散发，夜夜游走月下

今日晴爽，我想山中走走

鸟鸣，一路牵引，我沉重的步履

山路在山谷间盘旋，白云在梢头致意

鸟鸣里有轻松的事物，我想寄给远方的朋友

树　枝

爱人又在雪中，铲着雪

这戊戌狗年的雪，真多呀！

临窗望雪，伫立良久

读了一天的书，此刻想起一首诗

像罗伯特·勃莱一样，走向户外

他去了有月的松林

我却只能走到，一棵樱桃树前

越堆越高的雪，已掩埋了树身

只露出呼救的枝条

而爱人，还在雪中

铲着雪

腰疾以后，许多活计我只能看着

她一个人做，就像现在

雪下着，树枝沉默着

献 辞

我知道，在山林里
雪崖滑下山谷，是在寻找更开阔的去处

这像是众多生命蕴含的秘密
而雪聚集一起

会是一只庞大的动物，静卧山脊
有时栖息树梢

天空这面镜子，永远需要云朵的擦拭
即使在更深重的夜晚

星星的逗点，将绵长的
句子一一串连

许多被珍视的事物，一定来自
我们曾历经的苦痛

像红月亮，让我们看见
环绕着她的，受煎熬的夜空

像世间伟大的爱情，永远
在修复生命里的缺失

更像难言的恩情，河流
遇见大海的暮年

追 随

许多事物并没有追随我们

远走高飞

它们留下来了

留在了原地

许多追随我们的事物

并没有同我们

一起变老

譬如——

一垄斜角地，苜蓿继续在夏天

吟唱一首紫色的歌

曲调单纯，蜂蝶翩飞

星星，秋夜里总会在屋顶上方

走来走去

青瓦听到它们的呵欠

总会在黎明时，流下口水

而泉水，四季不竭

冬天，总有透明的薄冰

围住石壁，汩汩涌起

来自大山里的热气
尽管，再过一个又一个
春天
行走在故乡的人会越来越少
尽管，十二月的雪
扑向你衰老的脸
你还在四十多年的光阴里
寻找，一个个合适的词语
试图将逝去的事物一一追回

落　日

每日都会有落日
新的落日
横跨远方庞大的陇山

这近乎一种虔诚的仪式
当我伫立，凝视——
下沉的光明，抬升了黑暗

因为这赞美的仪式
我们活着
说不出理由

落在词语里的雪

面对窗外的鹅毛大雪

写一首诗——

韵律，节奏，舒缓，急促，飘逸

倾诉……这些交替出现的词语

无力而柔弱，却不能尽述

下雪的一个瞬间——

杏树，椿树，李子树，木芙蓉

众多的枝条都伸手接雪

我已做好了晚餐

等爱人下班回来

她头顶着雪

经过窗口

我就会起身，走进厨房

她身上的雪

闻到饭菜的香味

就会融化

像我心头涌出的词语

在窗外的大雪里

找到栖落的树枝

教　诲

落日不远，就在眼前
作为见证者，山川，旷野，冻僵的河流
以及辽阔而模糊的远方

撒在白雪上的返光
像从大地上拿走了什么，又像是赐予
也像我一生曾冒犯的事物

都近在咫尺，却又拒绝
我躬身的忏悔
教诲我在茫茫人世，学会眺望，而不语

破　损

落日翻过陇山
就是一日

总有一抹云，排兵布阵，站在铁黑山脊线
拽着，不肯撒手，披满周身的霞光——

远方的云，涌动不已
它们追赶光明，它们聚集，连成一道屏障

天空塌了，先落在黑山上
高处的晚霞变幻，拉长，终究化为乌有

我起身眺望，目送这破损的一日
慢慢，适应扑面而来的黑暗

山　风

落叶飘满河谷
也许是风，或者不是风

我今生所有徒劳无功的努力
都在风里

风一样，无功而返的忧郁
忧郁的深秋

寻遍大地的角落
寻遍世间所有的衰败，凋零

夜　读

我们依然轻浮于这个沉重的冬日
夜，向纵深处滑去，寒风会吹灭一颗星。

我深陷于不辨来时路的惶恐
我尚在一条河奔波的岸边踌躇。

大而浑圆的松木，漂移着重于自身数倍的重量
木头的一部分浸于冰水中，破冰的力来自何方？

一条河倾斜，它汇聚的力量，来自峡谷的裹挟
岩石的冲撞，神秘事物撒手的切割！

平日里积攒的希望、绝望、喜悦、悲恸……
这词语的雪团，纷纷击打着我战栗的身体。

风，寒风撕扯着山林，旷野，河谷，山崖
一个诗人的暮年，"身外满床书"的陪伴。

白雪吹送还乡人

一群麻雀从草垛上
惊飞，它们降下了
石咀河的黄昏
万物在万物中生长
消亡，禽鸣在村庄
村庄在冬雪中
一夜白了头。望乡
返乡的民工进了村

白雪吹送还乡人

春风劫

我们等来了向往已久的生活

我们等到了疾病，衰老，还有

同龄人，零敲碎打，被死亡带走

我们等到了衣食无忧的寡欢

我们等到了风雨无阻的春天

春天之路，轻描淡写

人生之梦，醒于这春风之劫

在风中向枯朽之物，一一告别

向我们终将为伍的草木

低首，让路

春 忆

春日，小学老师让我们将
"晓"字抄写二百遍，因为
他初生的儿子名字里
有一个"晓"字，拂晓，破晓，家喻户晓

还有一位粗暴的老师
他对付不听话的学生，上前就是一脚
我辍学后，他上我家门唤我去读书
我见到他，撒腿就跑，最终还是挨了一脚
爬起来，从此再没逃过学

如今，他们中的一位不知所终
另一位，拄拐杖，脚再也抬不起来了
二十多年前，我曾走村串户
唤回多个辍学的孩子，返校的山路
弯弯曲曲，拐过山脚，有条小河

现在是春天，雪水消融，河水涨了
我想和你去看看乡下的校园

我不喜欢太平静的河流

我不喜欢太平静的河流

它像是伪装的，或者没有脾气

我同样不喜欢太顺畅的文字

它失真，如假花没有芬芳

那些磕磕撞撞的浪花

那些笨拙平淡的话语

才是世界本真的面目

更是一个人每天要历经的琐碎

浪花里裹挟着沙粒

话语中有迟疑的皱眉

锁孔等待着每天拧开生活的人

野海棠

时光勒令一棵树枯萎，而味道
却在这一刻将童年的你唤回
夜里，我在翻看一本植物志
我指给你看，一种名叫野海棠的
图片，它春开白色花，像苹果花
秋日红果累累，酸甜多汁
我说你在山里长大，你吃过
这个野果吗，你又摇头又摆手
好像正吃着酸甜酸甜的山中野果
我恍惚看见了童年的一幕
你甩着麻花辫，和小伙伴们
在野海棠树下，仰着红红的脸庞
踮着脚尖，伸手摘果

蚕豆荚

秋雨又下了一夜

爱人侧身又睡去

她梦见了什么

或许我就在河对岸

梦中的爱人恬静

如一枚蚕豆荚

随风微微浮动

我在楼下窗前

雨滴落在每一片落叶上

落叶重叠的部分

时不时被风掀起

而我离开床前

用手按了按

爱人脖颈间的被子

这小小的响动

往往会让梦里的

河水泛起小小的浪花

生日帖

月亮是一家诊所
此刻敞开门扉
疗伤的人进进出出
后半夜
它关闭了通往回忆的路
所有的人
都忘记了返回

夜　读

雪，是你喜欢的
夜读时，我没有察觉

——在你来临以前，不知道
黑暗，有多少道窄门
直觉告诉我

目不转睛的人，已陷入时间
布下的迷局，唤醒，又会是
天际的，另一处裂隙

必要时，史书发黄的线绳
穿过朝代，一股冰冷的风
皱纹，常在空白处，下手

山峦，轻易放过了白云
史书，放弃了细节。同样
痛感，结疤淤于树木

——你唤我时，我才答应

在雪，画出模样之前

鸟　群

你能看见鸟群离去
可你，看不见自己视线里
消失的黑点，究竟带走了，你心里
多少东西

回到眼前
为什么不是木头的纹理
替树叶，记住了，枯萎的时间
像一棵落尽叶子的树

我们依然需要安慰
而来自
万物循环不息的悲喜
常常胜过，我们心中的挫败

鸟群擦拭过的黄昏，绽放
无与伦比的红彤色。现在，让我们
坐下来，说说，黑夜里鸽子黑黑的眼睛
星星的牧场，人类的第一缕曙光

落日赋

落日，如鸟群
在深秋山林里
结队出行

我的茶水越来越
淡
胎菊是落日
打撒的蛋黄

落日的教育
高于
一尊鼎沸的
熔炉

旅　行

女儿坐在临窗的位置

我紧挨着女儿

一直看着窗外

客车在七月的山谷间穿行

女儿低头玩着手机

偶尔抬头冲我笑一笑

又低头沉浸在她的乐趣里

是呀，大半年时光

女儿在开封读书

我们只是每天打电话

聊聊天听听声音

女儿已经长大了

陪着我们的时光在一天天减少

就像这回家的路在缩短

车窗外是急急退后的青山

车窗内，我紧挨着女儿

头枕着椅背，慢慢闭上

看困了的双眼

像带着她年轻的妈妈

第一次出远门去旅行

冬　至

冬日，河流结冰，水已冬眠
而苦难没有

旷野在雪中起伏，暮色一直不安于
留在孤城

森林众怒，暴风雪拨响一架架竖琴
马蹄声碎

我看见一只鹰穿越峡谷，打开了黑暗
随手抖落的一件披风

风，在我的身体内寻找栖息之地……

泪水抵达的暮色

暮色中的风筝

要么远走高飞

要么回到原地

这多像一个乡下

少年历经的生活

早岁不知世事艰

每个少年都怀揣

背井离乡的梦想

远方终究暮色苍茫

而回到原地

暮色同样接纳

那双磨秃的翅膀

暮色多么近啊，仿佛

泪水抵达眼眶

暴风雪

当你尝试另一条小径，试图进入

森林腹地

在这条人迹罕至的路上，你会遇到

什么，或者无路可走，需要返回

沿着出发时的路径，返回时，你遇到了树木另外一张脸

因为山谷起风了

也许，随风而至的暴风雪，就在远处的山峦间翻越

它们早已熟悉的山势、树冠高大的松林、陡然直立

倾斜的峭壁……

源于想象的事物，欲阻止一场风雪的突袭

其实，森林里的植物，动物比你更早知道如何在暴风雪里过夜

回到有灯光的地方

那是护林点，只有一间房，一个人，还有一只忠实的狗

一条河已在山脚下睡去，再大的风雪也叫不醒它

你是那个人，还是那条河？

一个人内心的暴风雪，来自早年走失的那匹枣红马
马蹄声越来越近，快要抵达一首诗的内核，又走远了

似乎锲入风雪的骨缝里，隐隐的痛……

黄昏的愿望

由此构成的时光
从来都试图重复往昔，或者去年的
某个下午。倾斜的光照在事物的表面
它欲探寻时光的内部
譬如：一朵正欲松手的白掌
有了即逝的黄晕；一张壬辰龙年的
挂历上，干枝红梅保持了红颜

一扇门此刻半开着，去年它是
迎向室外窗户玻璃的反光吗？
唯有寂静的光抚摸寂静
唯有移动的夕光，悄然领受了物象的折叠
阻挡之物，撞击以后的留影
与对视的桌椅，摞着的书籍，绿萝的叶片
分享着明亮的线条

谁能告诉我，世间诸物
摆放在各自位置，互相触摸不到的

愿望

万物各有裂隙，弥合，脱离了思维

以外的本性。以光线为媒

实物的阳面与阴影，虚线的存在与消亡

都受制于谁

树影在摇曳，印于墙面的波纹

最终留不住一阵风

而当风加快竹叶的分裂与聚集

空静的墙壁，有众鸟之嘴，在畅饮

金黄、多汁的夕光

拾薯记

有时，会一脚踩空，抬脚，田鼠洞

乌黑的张着口，看着我们，因饥饿而苍白的

少年的脸

1977 年的田野一贫如洗，我们会呼朋唤友

膊挎小篮，一柄小铲，在收糖过的洋芋地里

翻寻遗落的洋芋。这是放学以后的初冬

冻气如雾，卧在山坳

薄暮时分，有时，小篮里会滚动一颗

或许两三颗灰头土脸的洋芋

随着我们走路的节奏，哼唱一首

没有词语的歌

停　顿

时间是新的，也是旧的，它是世间唯一
游弋在记忆，与眼前的一条逼仄的巷道
——鲜有足迹，土墙上风雨的浅痕，斑驳的石块
锈蚀的锁，门缝里荒芜的庭院……
我在巷道的南端，驻足，"白杨含悲风"
河沟坍塌，树叶飞旋，已无法跨到对岸
一只花猫从墙角溜过，回头看了我一眼
那眼神，如模糊的童年，瞬间停顿
又拐入另一条鲜有人经过的巷道

我知道，巷道通往一眼水泉
井绳汲水，麻绳捆柴薪，绳索无善恶
树枝有德行，叶片有秩序
涌泉在下，深处的时间使它们各安天命

记　梦

梦里出现的人，场景，屋舍和道路

似乎隐去了朝代，也模糊了四季

也不全是夜晚。植物，落叶的，开花的树木

或许，可以帮助我们回忆

——可是，它不留下任何走出梦境的物证

除了拼命奔跑的风声、跌落并踩空的断崖、无声电影

没有脚本的台词

我们一会是旁观者，一会又是挟裹在洪流中冲散的

顽石，自己的一部分搁浅了，另一部分

努力挣脱时间的激荡……

梦境，似乎是少年时代一次理想的颠覆

或者，是左冲右突的中年厮杀

潜伏于沉沉睡去的冬夜，平缓的人生

千海子

哲人有救世的药方，像蜜蜂为花朵
传授开放的隐语
当我们抵达，遍野的野丁香，欲为一座山打开蜂箱
它自缚于峡谷，千年不曾移志

从来没有两道相同的波浪，它们在巨浪胁迫的
时代戛然而止
如今，这一座座凝神聚形的山
将撕裂的喊声埋在腹腔

当我们呼唤山走动时遗失的往事
山谷回音，聆听到的是自己久远的空旷

流　逝

夏天消逝时我们在哪里？

这是一只鸟对翅翼的诘问

浆果多汁，籽粒结荚

山中丛林，受制于密稠的枝叶

小兽皮毛光滑

它贮存怀旧的食物

河水看上去没有记号

后来之水，越过峡谷时，阻力藏于内心

骄阳取走多少吨

裸奔的石头，沉醉于浅滩

大块的白云，正在计算山谷的阴影部分

结果常常，被风干扰

再没有比落日，更落魄的书生了

向西翘望的地方，遍野金黄

最美的事物，常常流逝于瞬间

雨季来临

许多时候，我会独自立在，窗前

看风云际会，万物和美

洞悉明亮与阴暗交错于天地间

云块互相靠近，罩住西边的山峦

穿过山脊的风，会遇到密林中，树梢的挽留

奔走相告的树叶，合奏松涛阵阵

闪电，在山谷间，找寻一条畅饮的河流

第一滴雨，落在窗前

世界，只剩下一双湿润的眼睛

"如同我在同辈中找到了朋友"

大雨滂沱，暴涨的河水，会捎来

我们的童年，梦中没有读完的信

山居秋暝

雨，是幽深的陷阱

陷入秋天的，群峦，山林，峭壁

愈落愈深。更深的，是浓妆艳抹的

秋色

盘山路伸向哪里？人间的踪迹

没有雨的脚步，不能抵达之物

山谷，空濛，适合隐姓埋名

河流，一直不肯留在原地

它一直努力长大

你会邂逅一个，向你打听

小木屋的青年

他沿着河边，溯流而上

寻找二十六年前的，一场秋雨

山谷里的石头，以居民的身份

承受衰败，变迁，一去不返的

离散

阅读的远游

光线比我们起得早，比我们知道
万物等待明亮缘于迷醉

我读书的时候，头顶的巨大树荫
来自，一棵李子树对书的无知

它对几颗红色李子的偏爱，甚于落叶的离弃
牛顿醉心于物体坠落的自由

世间有一棵树，希望留在果实的腐烂里
在树荫下，我们目睹过草莓、樱桃的烂掉

现在轮到李子，接下来是杏子的烂掉
落叶，草茎的烂掉，整个秋天的烂掉

一个人的烂掉，一本书的烂掉
因为字的腐烂，因为词语如柴，淋湿在雨水

我们从一本书里走进去，然后从早晨的树荫里

消失，因为洞悉了词语的罪罚

一声鸟鸣，挽救了我们对光影的错爱

红色的果子，是否在等待我们的坠落

香椿树的自悟

风，摇晃椿树，不是本身的动荡与
不安。是啊，不安的是清晨
是刚刚抖落从黎明带出来的黑粉
椿树的晃动，带动了窗外晨光的
荡漾，淡黄的曙光，水波不兴
波在墙面，树冠，并不均匀的律动
枝条走在木质化的纹路上
嫩芽可食，却高不可攀，而光线可达天庭
替我们传递，味觉之无能
风，并不让树梢有片刻安宁
缘于我们的无力。源头在哪里？
一棵树的学识，弄懂了力量、顺从、荣枯
我们在现场，在窗内看到的这棵香椿树
还是昨天的那棵吗？夜里，它去了哪里？
它会不会赶了夜路，送出了香味、嫩芽，给某个人

生活的细部

草尖晶体状的晨露，沿光线的导体一直通向天空
午后的云朵因吸食了露水，变幻了颜面
那个徘徊在燕来亭下，手执书卷的白衣
中学生，为什么不是"我"呢?
那个对面走来的红衣中年妇女，她在小路的远方
曾经是一位少女
一条小路，改变了多少人的生活
世上的路从来不记忆我们的脚步
死亡是一次仪式，无论生命多么新鲜
或枯萎，都要领受蒙面的时间
两个妇女在树下摇晃树身
成熟的杏子应声落地
打桩机一节一节击打声、拖拉机突突突的声音
切割机的声音、敲打钢管的声音，并不能阻止
林中鸟儿的鸣叫声，它如一根银针，长长的
锲入这生活的细部

在关山草原

一匹马，向一条溪水走去
溪水，从细雨中走来

山丘浑圆，起伏，不高不低
青草配合着它的走势

羊群散落，在一道斜坡与浅谷之间
白色的圆形帐篷里，走出一个人

整个关山草原，似乎不归属任何朝代
它存放在寂静之地，只接纳来自天空的白雾

我自西域归来，大宛马驮着的苜蓿
已在马背上发芽

胭脂峡石峰

沉默者，留了下来
而急于张口说话的
因言语不慎，跌落山崖
几乎没有完美的崖面
可供打磨，镌刻
登临者的印迹与野心

奇峰孤傲，而落难者
在水的磨砺下，已圆滑世故
有些，与另一面岩石争夺
更加显眼的地位
裂隙永远等待弥合

有些模仿峡谷里走动的虎豹
有些欲变为崖壁上飞旋的鹰隼
而当裂变一旦成型
诸峰屹立，表情凝固
世间仍存坚硬难破的谜底

桦树沟

白色的云块，已夜行

八百里地，它来自遥远的青海

翻越了，渐寒的祁连山

我看不清，它的面容里

堆积的疲惫与霜寒

此刻，白云悬挂于十一月的山峰

将巨大的阴影，卸在密林深处的桦树沟

满沟的石头，黑着脸

我几乎不敢出声，我担心

它们憋着的劲，被不瞅脸色的

风，掀翻

我顾不上，和涧水有过多的交往

我要在，故意漏下亮光的野径

快速穿过，我还有长长的路，要赶

在这万木萧瑟的桦树沟

我多么想听到，刚拐过弯的

那位割竹人，喊我一声

胭脂峡记

飞瀑，衍生出水的眺望
一只蝴蝶翅膀，压低了风
水在说话，低处的水告诉我们
有些石头是自己爬上山崖的
树木和小草也是。有些石头跌落時
在梦中，不知道喊疼
几乎没有完整的石头，也没有完整的
历史留在记忆里。当草绿花红
石头用风辨别季节，石头开心
意味着心碎的裂隙，要伴随终生
一块巨石，紧闭的内心会为
涓涓细流打开，也会为怒吼的激流
高扬起纵身一跃的花序

站在悬崖高处的石头，摸到晚霞
是幸福的。繁星在涧水的
风铃声中卸下白蘑菇
天亮以后，蘑菇生成白云
归天空所有，寂静管辖了峡谷

白桦林之歌

有些树活下去，是为了回忆
有些树枯萎，是为了忘记
你站在它们中间
树梢之上，是冬日蔚蓝的天空
林间是积雪
它们整齐的阴影印在树隙间
画在白净的树杆上，悄然移动
山林的荒芜之美

你站在它们中间
看见，白桦林为整座山谷开启了一扇
大门。此刻，它敞亮如雪的原野
此刻，夕阳正途经此地
便撒下万千缕光线，为即将降临的黑暗
探路。而一棵棵身姿纤长的白桦树
摇身一变，成为时间的琴弦
在光线的画布上隐遁

——你合上一册古老的线装书
在心意的章节，脱离了阅读
逼近的黄昏，仁立窗前

重温"那镌刻于内心的语言"
渴望回到，一棵树原来的地方
渴望细雪，在月光下低吟浅唱

雾中登太白山

树梢并不担心我们，从它们的头顶走过
觉得有稠浓的雾气支撑着，这是一种
刚刚达成的默契
当然，这依赖风短暂的默许
似乎庞大的山体临时被异地借走
我相信传说中，诸仙们在做一件
茫茫尘世以外的事情
以免旅者有所察觉
空出来的千谷万壑有饱满的雾填充

送到山巅的人，觉得整个太白山
其实狭小极了，只有一条攀缘的台阶
一座小殿，五六块矗立的白石头，草木
不愿生长在高处，石头才是山的主人
我们没有看到南北分界线，雾气
同样使秦岭难舍难分
世间混沌如初，下山之人都是刚刚
来到世间的新人

一个上午，我们没有丝毫改变
从雾中归来，涧水交换了石头

在北庭遗址前

你们都进去吧

自外城进来，我累了

沿途看到的黄土堆

只有西域的风，吹着

我想在石凳上，睡一会

历史不也睡了很久

不就是一抔更大的黄土吗

容我，从梦里走近它

如果谁，火烧了一座城池

请你们用雪水救火

但不要唤醒我

留我，看清纵火者，看清

宝藏，都安放在哪个国度

后来发生的事情

我会一一告诉你们

车师古道

我知道，这些直上云霄的云杉林

唯有天山才配统领

这些匈奴般刚烈的石头

只有汉军将士，才会令其胆散魂飞

不要试图把大龙河写进诗行里

小心雪水溅起，凉浸时光的马蹄

雪水，是山谷走动的部分

一直想将白云带离沉默的雪山

一万年前，悬崖的心思，雄鹰难懂

一万年后，白云参不透，石头的裂纹和筋斗

我离开以后，有些石头送出我很远

有些留在了河岸

花儿沟

在天山北麓，允许一株草，高过远处的云杉
允许云杉如笔，饱蘸墨绿，描绘叠嶂重峦
允许豹纹的石头，伏于草丛，探头探脑
像匈奴的探子，看车师的马队渐行渐远
允许一簇簇云团，栖息于线条流畅的漫坡
允许石头，自由散漫，顽皮如童，笑声滚落一地
允许一只漂亮的花蝴蝶，在一坨干牛粪上午眠
允许这一刻被翻岭而来的细风看见
允许它绕过一道微微
隆起的山脊，顺草坡溜走
陡然，跌身于崖，细风们聚拢集合
允许它们在崖底形成一组巨大的风的旋涡，推动
松涛的喧嚣
允许荣枯的草木，共享美德的王冠
允许风景纯粹，自然，倾心于野旷
允许一个见证者，带走对一条沟赐予的想象
允许我倦于表达，对你阴影般无尽的眷念

少年游

在西部，一篷梭梭草知道的比我们多
山坡上黑焦着脸膛的石头，知道得更多
何况那云杉，接纳了上苍意旨
欲与天山试比高

伤怀的山河，总有草药眷顾
贝母、黄芪、柴胡，都会减轻
边地的一场，又一场
严重的风寒

而雪莲在天山，是救命的草
是七剑客，苦修护持的最高秘籍
去续编那断崖的史籍

少年意气，江湖旷远
那秘籍的总绪里
写道：剑在天山，心怀天下

北方有佳人

我们反对老虎在假山里出没
因为连孩童都窃笑，这骗人的把戏
匈奴的探子，已在黄昏的杨树林隐藏
虎豹却无动于衷

我们反对白云的自由舒卷，无边无际
使天空放下了大象、骆驼、绵羊的想象
任由空中的殿堂隐匿，化为乌有

我们反对豢养野狼，反对仿造的城堡
反对阻挡古道的出入口，反对围墙、铁皮屋
钢筋水泥混迹于山林

我们反对草原上的滥挖乱采
反对铁丝网割裂风景，使畅通的风留下划痕
万物需要呵护，相伴相生

我们反对在天山脚下，修造欧式风情园

因为，拿来主义者找不到事物的源头

我们要向祖先学习，汲取使古老熠熠生辉

我们反对用疑惑的目光打量边疆

反对作家学者只为歌舞鼓掌，我们应出没于

烟熏火燎的夜市、静穆的校园、黄泥小屋

白杨耸立的巷道、收割庄稼的田野

我们赞美明月出天山

在长者的面庞看到安详，在哈萨克小姑娘眼眸里

看到花朵的欢颜

在黄泥小屋的门前，看到馕层叠的金黄

我们同样赞美西域的宁静

在黄昏的吉木萨尔广场，秦腔里的乱世

只是虎头铡下，涂满油彩的脸谱

万水千山总是长袖善舞，异域的星星噼啪作响

山中口占

山中枯松何日朽？
山中清泉何日竭？
山中，松子微苦，群峦微雨
山谷，有无边落木无以为报的衷情

什么样的岩石是铿锵的证词？
什么样的深渊是苦难的譬喻？

我们都没有落日奔赴的故乡

画家村札记

啜饮多少露珠，才能救活一株草翠绿的心跳
默念多少颂词，才会阻止一树海棠果的坠落

天山暮雪，秋天开始出现裂隙
我知道大地的饥寒
我知道，大地要收集落叶、衰草和种子
救活漫长的冬天

过不了多久，落叶的暴动
会席卷整个秋天，从天山山脉，到我生活的
六盘山东麓
包括你和我，都要交出积攒了一生的盘缠

北庭古城遗址

世间繁盛，最后抵不过一抔黄土
遗址里，北庭还在坍塌
我看到，土块的裂隙，穿越了今昔

大片的玉米，高于大片的向日葵
钻天杨，高于远遁的白云
从这里走过的唐宋，元明，低于匍匐的风

不要在半截残垣，在一堆碎陶，在一道深堑前
逗留太久
不要企图复原一座城池的荣耀

让它沐浴在西域的宁静中
让它启示我们，怎样把好日子过好
这就够了，不是吗

夜宿野狼谷

大龙河一夜无眠

大龙河在低吼，声响比白天动静大

我知道，它在给山谷壮胆

而另一种涛声，来自黑夜的风中

在群山间走动的，云杉林

它们要赶在黎明时分，回到原来的山谷

一百只野狼，仰天齐噑

它们要唤出一轮明月，向天山致意

四野的回声，在穿荡

我听见，石头迸裂，离开山崖，跌落河谷

屋顶上，星星并不安宁，一直用口哨

模仿一只幼狼，尖利的叫声

十一月的峡谷

我是在昨夜的残梦里，独自出走的

没有人拦住我。包括：转到山峦后面的月亮

它白晃晃的模样，像我苍白的往事

头戴白雪，绽放浑身血珍珠的沙棘树

是你喊哑的嗓音

一条河卧在岩石与荒草的内心

它用拐弯，留下残缺的边沿

我知道，松林，桦树林，黄杨林，以及遍野的

林木都输给了时间，风磨亮了斧子

谁拦住了枯萎对草木的喧嚣

谁拦住了悬崖。我必将返回

在尚未结冰的湖边，拦住

一条刚刚拐弯的小路

雪 事

六盘山上落雪了。从现在开始

雪，像一个认识你的人，陌生的用眼光看着你

在远处，在太阳光下也不肯消融

它和冷且静的风商量好了，整个冬天

都会看着你。你看见它的时候

它会来到你脚下，你每天散步经过的树上

它潜伏在松树、辽东栎和低矮的灌木丛

你在夜里睡去，它在窗外扑打门和墙

天亮时，雪安静地跑到旷野，山林，村落

它要用整个冬天，和你混熟

它究竟要离开你。早年，一个和雪打交道的猎户

在山林里消失了多年，村里人都说

有一个叫雪的人知道他的下落

雪，一直都是穷人的语言

有时，让月色说出。有时

与河流结伴

夜　雪

"夜深知雪重，时闻折竹声。"
　　　——白居易《夜雪》

山林，高出空阔的黑夜

或者，低头向北风一夜的灌木林

寅时是安静的，但没有安心的河谷

在季节赐予的沉静里，终究会入眠

悬崖，制造绝壁，欲阻止雪轰鸣的脚步

岩石选择避险，它愿意包藏祸心

江湖再险，也终会在雪里

无处藏身

何况，藉一根根苦竹的心

抵万古愁。诗人不是先知

竹子，是替人受苦的侠士

史籍，折损了多少竹林？

断章取义的朝代

万物都有致命的节结

竹子，心相通

一直自古代抵达，黑暗的今夜
可知雪事，有多重峦叠嶂的苦难
压在书斋一盏昏黄的烛光里
而雪，像一位不肯留下的羁旅者
在奔波的群山，行吟般
传递翠竹的声音
它要复活声音的宫殿

车过六盘山

弯道向往坦途

白云安慰群山

仿佛在修改我们陡峭的内心

沿着山体嵯峨的边缘

似乎要摆脱因盘旋而上

造成的不安

当车行驶到半山腰

一路随行的山路

被山谷吸收

担心我们有其他歧途

唯有金黄的落叶松林

倾心于满目秋山

有一双巨手

开启山谷的眼帘

等我们真正进入

隧道便合住

动荡不已的故事

有多少人沉默

有多少人的思绪

被浑圆的山脊线

牵远，秋天的六盘山

正在诠释寥廓

流逝的绵延

龙女石

跨过龙吟台，涧水卷层浪

拥有凌云心的华北落叶松，簇拥着

一根巨石。遥看还是少女模样

延颈秀项，云鬘峨峨

削肩泻下千般幽怨

薄岩如飘逸的裙袂，峡谷之风掀起了一角

在泾河畔牧羊的龙女

镶嵌于峡谷，演绎唐传奇里的爱情

赶考的柳毅，迟迟没有音信

当我攀缘而上，近观它沧桑的容颜

"亘古不变的爱情，打磨巨石的契约

一颗坚硬的心

要阅读多少遍荣枯的山水"

唯有石头顺从于遗忘

唯有流水的步履，微凉，在薄暮里加速

雾中山林

没有移不走的山林，清晨

一场大雾，忙于转移这人间序幕

我看见，突围的鸟群，带出的队列

有天赐的从容

在夜晚走失的事物，借助雾的隐喻

正悄然回到原位

渐远的溪流，和岩石上精巧的露珠

多么让人战栗的流逝

整座山林，被天空、微风和光线

慢慢认出

阳光的金色犁铧，掀开了，一面山坡

大雾，降落一部分，秋天

向前移一寸

时光潭

水，嘀答的时钟，啁啾之音

全部来自潮湿枝条、叶片上晶莹珠玉

缭绕岩壁间，水雾发育为幻觉

湍流让峡谷一再怀念

给坚贞的岩上之松，众多喜爱岁寒的植物

赋曲

逼仄常常容身于险峻，深潭

有不测之心，吞掉的星辰，向风

无休止致意

时至今日，不探险，无力抵达

让我们想象，不断涌出，神话

白龙在三潭

为什么，会有鹰在上空盘旋

为什么，野花忘了时令，开放在夏天

为什么，唐朝的白龙马，游入深幽，失踪于天宇

旅人啊，请你小心经过，爱上它舒缓的波涛

倒影里的山花，正烂漫

青山，指鹿为马，驮上落日这位老情人

遥看暮色缱绻，修剪山谷

十里峡

一涧清溪，自西来

山重水复之处，山势平衡了它的两岸

曲高和寡的悬瀑，欲自立于世

迂回的浪涛，脱缰的小兽

这激越的旅行，搅拌雷声，移山之势

有一座木桥通往未来，有人先行

探寻豁达的开阔地

植物有恻隐之心，汇入这离乱涧水

我多么不合时宜，将跻身

一条河利刃般的荡涤，涌流

响龙河谷

这是一节声乐课，山水美学的高音区
音域宽广，它接连起伏的飙升之处
激情澎湃
从夜晚归来的灌木丛，涉水倾诉
许多年，流水的本性
关乎自身不断冲动的命运
这里远离寂静，覆盖，缓慢的简约
"不要用我们，代替一部分人的思想"
岩层记载的水文变化，早已理清
山水的线索
给一首练习曲，不要，制造太多的漩涡
给两岸的悬崖，装上弦外之音
允许飞鸟栖身于岸，沿着暮晚
留下的小径
赶赴，一段心灵邀约

飞泉崖

来自山环水抱的馈赠，它拥有

高山之水，汇集地表溪流

漫长雨季的栖身之所

我曾在此，识得鸟兽虫鱼之迹

畅谈过理想，架起栈道，让绝美风景

展于世人。而今，它

遮蔽于山谷一侧，峰回路转后

山丹丹花，不会白开

前世的蝴蝶，今生的木芙蓉，是一曲

重重叠叠的泪涌之泉

什么时候才会平息，我泾水之滨

泅渡光阴的驰骋之心

日日夜夜，跌落的故国之殇

废弃的水电站

黑暗沉重，压在峡谷多少年

一条河，会蕴藏光芒，在夜幕的庇护下

独自奔涌，它要运走多沉的梦境

这具形态怪异的钢铁之躯

吞掉河谷里，不肯驯服的白蟒

旋转，再旋转，直至抽出锋利而发光的筋骨

如今，它卧在河谷一侧，风雨锈蚀

夜以继日，诵读废弃岁月

鲜为人知的山河册页

在未竟之旅，每个人心里都安装着一座

水电站，磨砺黑暗，寻找光芒

我在世间消失的部分

相对于唤醒，那陌生的沉醉

是初秋的一天，落日不同与往日，它新添的浑圆

在山林会与多少枝条呼应，生成剪影

原谅了流水的映像。面对

一潭隐喻般深幽的涧水，复读岁月

层叠的岩页，如今

白云千载，幽谷激荡，群山

扑面而来。半生的荒芜

占据河山的残局

用什么慰藉，一个人心灵的晚年？

我将再度迎送，果实巨大的秋天

光芒流经之地，临摹每一座山谷的阴影和

阳面。时间分割，堤岸疗伤

血管里横渡的那一方水域，星河如波

我终将放下语言的重负，每日取井水

一只鸟，隐去踪迹

暮春在满满湖

当我步入中年，我所历经和钟情的
生活，我希望它一如眼前
这面镶嵌在群山，恬静的湖

风过尽，恢复一颗本真的心，固守洁澈
日日夜夜，看守住内心的闸门
压住，那沉积在体内的火与水
心怀对大海的遥想，胸藏白云，星月
满而不溢。用沉默的潜流，纠错
挽留自己，倾心而决堤的命运

返程的途中，另一个我，像一块
在春天苏醒的石头，留在了四面环抱的岸边

沙南峡的一个下午

这里适合牧马，两匹，一母一子

或放羊，一群，山羊在陡坡，绵羊在缓坡

更适合雪，在大大小小的岩石间，高高矮矮的

密林间散落。简约的芨芨草迎着风的节拍

荒境的美，寥廓，旷远

陡峭的崖面，鹰都不能结伴

它的黑，辉映雪的白。光线有些暗

这是阳光偏移的结果，谁叫峡这么深呢

河面，还没有完全封冻

浑浊的雪水，冲撞裸露在宽阔处的巨石

它们互相摩擦，有时运来雪团

有时，运来绵延不绝风的队伍

高处，两侧的峭壁悬崖，支撑着

灰蓝的天空。我想迎着细雪

走向它的某个峰巅，俯瞰

暮色中的沙南峡，送走数亿吨雪水

把空谷交给冷却下来的河面

和唤醒星子的一枚浅月

相　遇

冬夜漫长，而一生又太短

多少希冀，愿望，如永远无法走遍的

山川，溪流，敦厚的山，俊朗的峰峦

无力穷尽。海棠盛开，一束火炬

蝴蝶兰决然抽出嫩绿新芽

陪伴在我独处的清寂时光

夜读《诗经》，突然猜想

诗，最早应该是以一封信，出现

在人的生活里。写给亲人，朋友，自己

有些寄出了，有些没有寄出

我现在多想和过去的自己相遇

寄出一封长长的信，在古代

孤　独

是一座搬空的村庄
一道废弃的山路
一棵歇果的杏树
一条断流的河床
午夜照进木格窗的一绺月色

月亮，是月月砍伤自己，又愈合自己的杀手
替我在人间寻找救世良方

紫丁香

我喜欢紫丁香，但我
不喜欢开在旧衙门花园里的紫丁香
它们有些死于献媚，有些枯于势利
它们，在立夏以前提前开败了自己

我喜欢，盛开在旷野的紫丁香

五月的山冈

五月的山冈，已开始回心转意

向着阳光的一面

松树抛出了新绿，举起了花团的

是野生的杂树

白色纱巾一样迎向五月的时序

树林簇拥山冈，抬高了山冈

众手一般拥护着，它们的王

在白昼，山冈蜿蜒在触手可及的蔚蓝里

有时候，允许白云驻足；有时候，接纳雨水的馈赠

在夜晚，像一个隐姓埋名的人，隐身于黑色的大海

默许了岁月伏笔一样袭来的清凉

在这个草图般矜持的夏夜，我和这片

并不寂静的山冈，都在等待

旧月亮

农耕的月亮
玉米田的月亮
生产队麦草垛的月亮
邻村露天电影结束的月亮
跟着小河绕村舍的月亮
穷人踩着浅雪回家的月亮
守着乞讨者在羊圈又度过长夜的月亮
目睹老水磨把河水碎银般撒远的月亮
岁月掉进井里的月亮

一轮旧月亮，这颗古老的心脏
我有愿望，让它和我一起
找回年青的脉搏，乘着
今夜璀璨的星河，驶入
又一年的长途跋涉

野　坡

大雨把牛羊赶回村庄
纵横交错的巷道把牛羊
分送到家，这时候
刚刚走过牛羊的野坡
被提前赶到的暮色
拦住了去路

明月之窗

我还能面对已落坠的夕光，依然
散步在星空下。在滚滚红尘无力
阻挡的四季更替里，感念
如水的月色，给我中年的群峦与山林
溪畔葱茏的绿树与青草的气息
今夜，漫步在日日必经的路上
我要找到一柄银色的刀具，拧慢
时光的发条
让一阵夜风，推开我胸膛里
一扇明月之窗，与你共赏

十月临近的秋夜

我醒着，老龙潭峡谷醒着
涧水激越、清冽，夜一直
亮着水的眼，持续冷凉
依然有秋叶掉入湍流
来不及给枝条打声招呼
依然有跑远的星子
无声地变成黑夜的颗粒
种在时间的潭水里
一个人一年的苦楚，此刻
夜风里涧水痛击的回声
磨砺裂隙的中年

十 月

十月来临，风掐花朵

霜拧草尖，天空

收敛了雨水

河流进入一个人的中年

沉稳和美

我常常不自觉地，慢步在

泾河的源头

面对流逝，目送清澈

荡涤心中块垒

许多难言和莫奈，徜徉

在绿树间初黄的画卷

深悟生命中的轻描与浓彩

仰首，天高云淡

新年的第一首诗

谁让我们活着

不知真相

在广阔的世界

被渺小蒙蔽

为什么天空落着雪鸟群消失得无影无踪

中秋短句

这一天，是我生日

我提前一天看望了年迈的母亲

这一天，傍晚下起了雨

我没有一轮明月，可以抒怀

这一天，清晨收到两个女儿的短信

一条来自开封，一条来自重庆

她俩仿佛在叮嘱另一个，需要照顾的孩子

小女儿的信里，有"热泪盈眶"四个字

读信的妻子和我，已老泪纵横

这一天，院子的树木，落下了

一群一群的树叶

暮　晚

木槿树下，说话的两个人
一前一后离开了
木槿花比平日落的多
它一定在解释，刚才听到的那些话
他们说到的灵魂和生计
都是一些沉重的词语
树叶在秋天能替我们卸下
多少轻松的事物
明亮的光线，正在攀缘一架
向上收缩的梯子
它要在开始微蓝的暮光里
抵达浩瀚的星河
从我们眼前消失的事物
从来都在伤害我们的耐心
譬如，你新添的白发和皱纹

秋日私语

枯萎的事物，一定收到了时间默许的
信笺。黎明前的风，已经
伤到虫鸣，蚂蚱的晚年，黄杨树泛灰的躯干
河水冲撞，与山峦一再拉开距离
野沙棘，有绵里藏针的思念
需要我们，在树叶变红的疑惑里，警惕生
忘记对立的悬崖，在雾中悄然交换位置
肯定，秋天乘机拿走了临时的，契约
我还是不想交出，即使
我的江山：只是黄昏散步的，一条幽径
深渊下一道隐秘的泉眼
山坡上多大的风都刮不走的野草
雨后可以静坐在岸边的，一座废弃的
小水库
它们，都是我在世间的念想
是我心上伤疤一样的山水
仿佛一扇门背后的老屋
它要在，岁月的窗棂上安抚
远眺近望的亮光

壮游兼致永珍

青山暮远，清秋浅

石头捕获了山水之心

你的每一次壮游

都是精神密林的

披荆斩棘之旅

独守黑暗的人

是光阴里的探子

提前抹掉秋天走过的脚印

积攒再次苏醒的盘缠

固执的河流，逐浪

追求前赴后继的毁灭

"信仰的磐石，守住高贵的尊严

在暗礁丛生的河流上"

等待，不肯放下的星空

天亮之前

所有的过去由遗忘构成

所有的未来是追忆流年

黄　昏

太阳，跌落在黄昏的黑森林里

真像刚刚和一头黑豹在饮红茶

悬崖，要在倾斜的一生

怀抱一颗玉碎的心。不止是风雨

争论不休的丛林，整夜都不曾

安静下来。星星举在头顶

黑夜合住，巨大的斗篷

谁替我们，按住微微，走动的大地

寒夜草图

水的魔咒，光线的阐释者

你试图在水下打开一块岩石，它的心会瞬间

飞翔。任何坚硬的事物，都想捉住柔软的晚霞

和闪烁的星群

黄昏在水面划分许多弯路

它想挽留一直梳理不清的记忆

漂泊西南，杜甫晚年始终不肯下船

艰难苦恨，是一个朝代的倒影随波逐流

不肯靠岸的心，不在岳阳，不在西南

在长安

在文成公主像前

你转身，就能看见

我女儿，她六年级，十一岁

暑假，我带她来看你

这一路上，经兰州，过黄河，还有

茫茫戈壁，寸草不生的恓惶

西出长安，山一程，水一程

你竟走得那么远。这一路上

你都没有回头，只是到了日月山

这个因为你命名的山

你转身，遥望长安，惊起

日月聚首

作为父亲，带上女儿看你

告诉她，长大了，不要江山

只要留在长安，留在我身边。

真　相

雪，不忘融化。
春天，一再推迟这场盛宴
雪水把树枝洗多少遍。
草地上去年的豌豆蔓雕琢着荒芜
真相远在未萌芽之前。

愿 望

一生中，用一部分时间

守住明亮的事物

努力让黑暗的事物

少占一些地方。而

大部分时间

阴暗的事物占据

日月无法到达的地方

——包括梦境、睡眠

包括植物的根部

一个人内心幼兽般的恐惧

和被时光遮蔽的愿望

出生地

埋在坟院的人
并未带走上辈人的恩怨。

在村里的走动的人
依旧在受苦受难。

一个离开出生地的人
眼里噙满童年的泪水。

踏上这条废弃的山路
我这棵中年的草呵

来年能否在出生地
再绿一回。

我常常在它们中间

在最亮的星和一片刚刚出生的浅月中间

在鲜花和花蕾中间

在旷野上两棵不远不近的树中间

在山谷和另一面缓坡中间

我常常想到时光、距离和界限

想到我与它们之间的秘密

我知道俯下身子

才能听到青草的交谈

我相信混迹人群

相信深入事物暗藏的内心

光　明

我逐渐适应了这样的忧伤

像流星不告诉夜空

像露珠不告诉晨风

我不告诉谁我已心碎

我已找不到持续绝望下去的理由

如果铁轨承载的只是

永远不可能停下来的岁月

我愿把自己掏挖成一座空山

让你在黑暗中穿越

在空山的另一端重新看到光明

冬天的西峡

风没有吹动湖面
却吹动了群山
以及湖面上的大雪
以及一个人眼里的苍茫

源　头

一只鸟飞去的地方

肯定是山谷

山谷里长满岩石和树木

岩石间淌出的水

成了眼前这条河流

鸟站在源头

你在河的上游

年年都会栽下树苗

只要鸟飞来

你便是源头

那个人

——兼致阿娜生日

月光白银

阳光黄金

那个把最贵重的时光

照在我身上的人

白天成影

黑夜成梦

那个把灵与肉融进

我诗歌和头颅的人

像死亡一样忠贞的那个人

像心跳一样不可少的那个人

在你的生日

我一定要亲口告诉你

晨　光

晨光四散

被黑暗包围的一切事物

都已挣脱栅栏包括梦境

谁能在光芒中继续遮掩下去

谁能避开白昼又一次拷问

大地上迅速响起的脚步

在每个相同的黎明

都无法计算晨光新铺的路程

在逐渐上升的天空

我再次看见它的美丽

来自时光有力的干扰

来自一个人对岁月的愧疚

一幅画上的河流

十二月，仿佛是造物主
重新赐予我的第十三个月份
赐予我，满眼里整座森林的葱茏和荒芜
午后偏西的阳光，斜射在一幅画上
我们熟悉的一条河流，涌动着清流

向南的山崖遮挡了阳光
树枝的阴影伸向河水
失控的波浪涌起了白雾
流水明显在阳光的一面加速
它们急切的转弯，就会
在下游的开阔处，与阳光重聚

我虚构过，两岸开花的杂树
虚构过龙女，在河边牧羊
一群小羊在画布上吃草
画中的草木没有荣枯
千年的柳毅还走在返回的路上
你却等到了小雪，淹没了小径

当一条河流像小雪一样平静下来
我在暮色转身，渐渐变冷的
河谷
收回了虚构过的传说
唯有空旷，弥漫了绸缎般的河流

你在山中，还好吗？
只是，这恍若大梦的大雪
每一粒雪，都在丧失中落下
我梦见的松木小屋，还在密林深处
雪水脱离了画布，涌入
两根松木，搭建的小桥

松鼠，红腹锦鸡，野兔，还有
一个人的峡谷，还好吗？

大雪封山，松林夜夜掀动
涛声，雪在唱歌，绿色的
旋律，白色的音符
伤怀的红叶椴树，已在大雪中
与一位少年走失

他要，找回画布上那条
悲欣交集的河流

霜降帖

霜降水返壑,风落木归山。

——白居易《岁晚》

树木失去方向，留在原地
树木要守住它丢弃的年代
山谷住在山谷里，谁也不想移走
石头跟流水跑了那么久
还是在岸边等候
无边的落木，鸟群，正在和弦
一场万物齐奏的曲谱
山谷，是一座时间在走动的巨钟
它在调试天空表盘的螺旋
霜露踩着早年走失的小径
提着故乡的秋水，从梦里回来

丙申初冬, 夜与杨梓安奇会于湖城

"我们只剩下骨头了!"
这溢出酒杯的诤言,可以
甩出去,窗外,奔走的雪
会受到重重一击

"好诗,是将你全部的风雨,全部的血肉,骨头
写进去……"
我们,大半生追问的奥义,似乎
就在这些,冒失跑出的话题里

遂想起,十年前,在胭脂峡谷
四月的河水,还结着薄冰
诗歌,让我们醉坐于春天的河里
举瓶,畅饮的是激荡的血气

十年后,我们耗损在词语的战场
西夏,让你鬓角灰白,但那
一缕高昂的发丝,依然桀骜不驯

152

是啊，我们还有骨头
可以，用余生，去打拼

又一年，五月的春夜，山冈恬静
我们在月下，畅谈人生，理想
还有，共同喜爱的诗歌
恍惚回到少年时，意气风发
仗剑，游于边塞秦地

而当今夜，湖城，遇雪
如遇人世间，挥手从兹去的岁月
谈笑间，似有热泪，热血
再一回，将月色灌醉

初冬，读《王摩诘文集》

泉声，危石，树长成你喜欢的枝影斜映
明月，山林，风声，制造初冬的平静；

在你沉郁的步履中，"清冬见远山，积雪凝苍翠"①
边关的月色，照彻柴扉荫蔽的寒地人家。

山水在野，山水于心，山水比朝代坚韧。
你隐居的几十年里，时间提前取走了，我损毁的诗页。

而我多么喜爱，"大漠孤烟直，长河落日圆"②的盛唐画卷
那"神智健全的美"③，铺展于雄浑奔放的黄河边塞。

①王维《赠从弟司库员外絿》
②王维《使至塞上》
③简·凯尼恩《乡村旅舍的黄昏》

雪后的远山

起风了

我在暗处，雪在明处

我分明看见，一大片松林

驾着白雪里的一匹黑马

后来成为散开的一群

奔向山脊上远去的晚霞

我知道，松林别有用意

流逝的光携带着黑暗的泪水

释放着寒冷对燃烧事物莫名的追忆

秋　歌

秋日黄昏，轻寒新添了羽翼

山间毛竹，临时关小了竹结间的秘密通道

落叶不落，疑惑的约定

植物学早已解惑，细微的伤害，难以察觉

虫鸣，会唱歌，露水请绕行

万物相依，主宰风霜的是太阳的哪一面？

半轮山月，半清秋。月随水走

历久弥新的人生，爱是通用的

母语。许多日常生活中的隐言

告诉母亲，或者妻子

哀 歌

我跪在荒草和雨水中间
我跪在杨树开始落叶的秋天
我跪在亲人的坟前
我的名字刻上亲人的墓碑
我替凋零的万物向葱茏的时光俯首
我看万壑的千峰身脱云雾如梦初醒

龙泉山

像守着只有一个人知道的秘密

它单独存在着

与众峰疏离

在山顶一处相对平缓的凹地

四周陡峭，无人能及

有一种鸟儿

单独去看望它

不携带别的鸟儿好奇的打探

只替我去看望它

它曾经的辉煌总会留下遗迹

它在我的意念里历经风雨逐日坍塌

或已夷为平地

是多年以后的事情

那时

鸟群里，有一只鸟的表情多么与众不同

形销骨立的龙骨

支撑着庞大宫殿的框架

泉水汩汩涌出龙颔下的岩隙

这情形

和我的记忆一模一样

我终于可以放心告诉你真相了

暮冬：致女儿书

女儿寒假去海口

一个叫美梅的村子支教

发来她在苏公祠塑像前的照片

一个日日面对大海的人

自己已是栖身的小岛

风浪又能奈他何

"兹游奇绝冠平生"

你或许已学会从远方

重新打量自己的青春

譬如，磨难，豁达，笑向苍天

譬如，椰果在高处低垂，汲取阳光的蜜

信 使

我细算了一下，1990 年秋天以后
我再也没有收到过一封信。我也
再没寄出过一封信。我觉得我这些年
生活空白的部分，是因为信使不知所踪

我决定，从养一匹马开始——

白马泉

最初叫出这个名字的人

已不在人世了

他的后代口口相传

见过那匹白马跃上山冈

的人留下告诫

当你远远看见白马

在月光下的泉边饮水

不要试图走近

你必须静立原地，不要发出响动

白马饮足水，会扬起宽厚的马脸

马眼里的山月，一轮在山巅

另一轮在泉水里晃悠

马在泉边凝神伫立不会太久

泉水边沿便弥漫开来白雾

泉水叮咚如挪移众多碎银

你会神情恍惚，被白雾包围

白马冲破雾气，自你身边掠过

你才会从梦境走出

只有离家太久的人才有机会
在返回村庄的当夜遇见白马
泉水溢出青石板铺垫的山溪
顺着山坡接连有三眼泉水
白马有时会出现在任意一处
你或许会有缘遇见

乌尔里卡

书柜门的一扇是打开的
如果将博尔赫斯的《乌尔里卡》
抄写一遍，你或许会喜欢上她
时间是一个下雨天（山上下着雪）
而小说里同样下着雪
这并不能改变你喜欢乌尔里卡
现在是五月，陇山白雪嵌入绿林
你已穿上厚大衣，随她走进雪后荒原
哎，乌尔里卡是位姑娘，而
遇见她时，你已是一个苍老的父亲
你能做的，就是合上那扇门

欢乐颂

参加你女儿的婚礼

昔日的老友才有机会聚在一起

你的名字，被轻松提及

我并没有听到悲哀

仿佛你就在热闹的人群中

不遗漏每一位前来祝福的人

注视着他（她）们的举止和说笑

你甚至借某人的手

与大家一一握手，致意

今天，谈论你的人

也会相继离开这个世界

最终会告诉人们——

消失是真的。仿佛这喜庆的场面

是虚幻的。你，我，他，她

我们都参与了这场预设的欢乐

人世依旧熙熙攘攘，你的寂寞

无人能懂，无人分享

老朋友，现在，你该满意了

无论下一场，该轮到谁缺席

我相信，人世一趟

就是为欢乐而准备的

草锅盖

我有过穷困窘迫的乡村生活
致使我在给别人说起自己的故乡时
常常丧失转述能力
有一日雪后，当我站在
一户农家荒弃的庭院外
看着坍塌的屋脊，断裂的黑瓦，破败
的木格窗里透出的贫寒之光
我呆立良久
几乎迈不开脚步，我想起
曾经年轻的父母，在一间借来的屋子
用一口借来的黑锅
开始了后来有了我们一大家人的生活
而来自母亲的说法，就是自己
用草编了一顶草锅盖
将食物焐熟，将儿女拉扯长大

喜鹊的新年

我必须记下这只绅士气质的
喜鹊，它栖于李子树枝
晃动的允诺，向窗口回望
女儿的发现，围坐于傍晚
新年丰盛的桌前。我们的说笑声
吸引了它。它矫健的身姿
来自哪里？这冬日大地的赐予
来到我们中间，没有啼叫声
它是记忆里沉默的另一只吗？
女儿舀起，一汤匙金灿灿的米粒
说它应该更喜欢这晶莹的金黄
而在我早岁的世事里，喜鹊的
身影是孤单的，它穿梭于河湾
枯寂的杨树林，发出啼鸣
身姿因瘦弱而轻盈，携带着
贫寒的沉默与飞翔的不安
我不会遗忘鸟的眼睛，这
大地轮回的黑白和哀歌
我不想我的后代去吟唱

一个多么美好的女子

你曾是一个多么美好的女子
没有人会知道
除了我

你曾用攒下的奖学金
给我订过 1989 年的《诗歌报》
每期收到后再写一封信
夹在诗报里
去邮局寄给四百公里外
在乡下教书的我

今天老师讲《罗密欧与朱丽叶》
要每人给朱丽叶写一封信
寄往意大利北部的维罗纳
隔着 30 年光阴，我想了想
觉得应该写给你

亲爱的
这么多年，你又去了哪里？

空　山

冬夜，读《荒原》
我在一句话间走神，良久
"我要给你看恐惧在一把尘土里"

中年以后，谁不是立在浪尖风口
唯有亲人和熟悉的事物，伴我在长夜里歌哭
不再应答，空山捎来的话

铲 雪

凌晨即起。推门，又见夜雪，落满院。

她洗漱。

我热了昨夜蒸的红薯，花卷。冲了燕麦，豆奶。

拌了黄瓜。

吃早饭。

我们说到了雪。

我们还说了夜晚的梦。

她起身，穿上黑色长大衣。

出门，握着那柄橘红色雪铲。

开始弯腰，铲檐下雪。

连日的雪，已拥至台沿下。

铲出一条进出的小路，也是困难的。

她躬身推雪的样子，我曾写入一首诗里。

此刻，她在雪中铲着雪。

她分明继续在一首诗里，铲着雪。

我站在窗前，像去年的某一天。

屋子有些暗，相对于庭中树。

白树，五棵，高高矮矮。

白竹，一簇。低首荷雪。

我这样看着，雪下着。

雪花落在她的头发上，肩头。

有些雪花已飘落于她的背脊。

檐水开始嘀嗒。

我却不能将嚓嚓嚓的铲雪声，留在一首诗里。

这是个令人沮丧的清晨。

我喜爱雪。腰疾以后，我不再说，

我爱雪。

鸟的故乡

爱鸟的友人说，在泾河道

新发现了两种陌生的鸟的踪影

它们是：黄臀鹎，和鹦嘴鹬

书上说，前者喜欢栖息在林缘地区

而后者，则喜欢清澈的山地溪流

我在想，它们应该是泾河源头的原居民

因某种不为人知的秘密

迁徙漂泊异乡，如今，找回了故乡

或许，它们只是以探路者的身份

出现在春寒的二月

它们家族，人字形的队伍

正昼夜兼程，在融雪的日子

回到这一方梦里的山水

短短几十年间，我们中的大多数人

只怀揣纸上的原籍

静夜思

你要用一生去理解

日升和日落

艰难，磅礴，对黑白分明世界的操守

抚　育

抬升的美

和陷落的美

在一道坡地交替出现

胡麻蓝茵茵的湖泊

和开白花蓝花的土豆地

倾斜于同一道坡地

它们在各自盛放的埂畦

并不担心滑落

因为泥土对根须的承诺

我看见风

一遍又一遍

替造物主说着抚育

旷野深谙美学

在分开庄稼与田埂之间

简洁启动了妙手和匠心

己亥新年：致女儿书

那一年
鲁班遇到了木头
我遇见了你

我多么希望
一辈子做河床
哪怕你流向四面八方

云　彩

晨起临窗看云彩

鸟群列阵盘旋

一再盘旋

直到掉队单飞的那只鸟

回到队伍前面

它们才渐渐飞离了我的视线

它们在高空浩大的风中

数度盘旋

是因为它们遵从的秩序里

有浅显的伦理

它们是去年哪群鸟吗

我还是去年临窗看云彩的我吗

去年的今日

我在日记里写下：再有一天

女儿就回家了……

大地结实，天空完整

我们看见的云彩

在鸟群眼里一样斑斓

麦茬地

如果有人问起我秋天以后的事

我该怎样回答

庄稼收完了

（如果我们春天种下的话）

麦茬还裸露在田里

白光光的

它和周围的土豆，蚕豆，燕麦草

共同隆起秋天的胸膛

它只是陷入漫长的雨季

遗落在麦茬间的短麦穗

又长出了新芽

像秋天播下的零散庄稼

等到周围的秋天作物都收归一空

它多像一块草地

牛羊走进去

没人会觉得可惜

麦茬像潜伏者

会扎痛牛羊柔软的嘴

你不会体会

一块麦苒地在秋天的孤独

你不会尝到落日时后背凉下来的滋味

你不会尝到坐在山坡看见自家黑屋顶溢出

灰烟呛出眼泪的味道

草　垛

草垛，在它变成草垛以前

它来自于一个宽大的麦场

在此之前，它来自播种，出苗

生长和成熟，来自收割，打捆

和拉运，它成为麦场的一部分

成为主角。我甚至听到了，它在

堆起来的那个秋天，同时堆起了

一家人的希望和笑声，和孩子们围着它

追逐的打闹声。如今，那些挥舞着

农具的人，那个坐在高高的麦草垛

顶端的人，还有奔跑的小孩，他们

都去了哪里？现在，只剩下这个草垛

多么精致的圆锥体呀！

（像一只陀螺，它受谁驱赶？

驱散村庄上空的云雨，驱散我们）

多么变幻莫测的时空！

它似乎在人们遗忘的角落

旋转，旋转着我们忽视的事物——

旷野，田地，河谷，树林，和牛羊
时隔多年，我已跌落下来，好像半生的
时光再也爬不上去，只能留在它的低处
早年反复钻入的草洞，像藏着谶语的召唤
似乎那些亡故的亲人和邻人，就在尽头
早年放牧的羊群，隐没于沉沉山冈

可能性

有时候，我在想，人生的可能性会有多少？
人生的局限以及他的困惑又会有多少？
我想起，我的少年时代。那时候，
如果我做一个听话的孩子。那么今天，
我会留下胡须。像我的父亲的大部分时间，
住在一个清幽之地。黎明即起。午夜，
在一盏孤灯下。心慌了，会去那片坟地转一转。
在亲人身边坐一坐。杨树细密，天空破碎，
新鲜泥土刚刚接收了一位老者。

亮 光

"非典"那年的一个傍晚
驱车经过西峡林业检查站
突然发现，一只年幼的豹子
当车灯照到它时，它并没有
选择离开。而是侧身站立在半坡
转过头来，望着车灯射出的光束
当车前行，它才缓缓消失于山林
也许，它只是在山涧饮水
它对暗夜里光明的欣喜与眷恋
看得出，和走夜路的人
遇到亮光是一样的
多年以后
它携带着亮光的花纹精美无比
它的族群在黑夜里也会集体
眺望，山下闪烁的人间灯火

追　问

我赞美的事物，还会安装上流水的琴键
我半生无休止的追问，并无人作出回答
与我在黄昏对话的，究竟知悉我多少
有时是流水，是崩崖，是天边的云彩
有时是虎的咆哮，寄身于沉默的哑巴

常　识

烤红薯的为了卖红薯而吃红薯

夏天他只吃自己种的土豆和玉米

开油坊的中年人咀嚼油籽额际发亮

汗水也是油渍

厨师用自己的瘦身板招揽客人

蚂蚁家族对远近和轻重至今没有发明出计量单位

修犁耙的小店主人过去烙的饼子很好吃

卖包子店家小孩的理想是开一家更大的玩具店

鲜花店里只卖盆景

理发店的女人推销假发

不结果的果树照样虚度光阴

鸡鸣狗吠一定有事发生

定风波

只有风是对诗人的赞赏。

——茨维塔耶娃

1

风，吹亮过，油灯上贫寒的火苗

也吹开了春秋的大门

风，是耳朵、眼睛、嘴巴的前世吗？

风，永远在寻找栖息之所

唯有天空，才会将它收留

2

风，有一日万里那么长

也有一夜西风共白头，那么短

风，知我心

知天下事，谈笑风生间

3

风，打碎了什么

会一遍又一遍修复

风，跌倒了，会自己爬起来

风，有喜爱之物，似乎一直在寻找

有时，它会突然停在某处，端详

它面前事物的颤动

得到赞许，它会离开，顺便

留下一支队伍

证明它是有来历的。或许

风的身世，是一个谜团

4

在我的少年时代

风，是讨饭的哑巴

雪夜里，站在窗外，不肯离开

风，是一位盲者，坑坑洼洼的路

它还是不避，敲打着石头

柴门，向人们打问，它永远

无法到达的地方

风，更像是远在新疆的舅舅

留下过苹果的香气

一直在我的梦里

5

风，有滋生记忆的禀赋
它对吹拂过的事物，都留下过
标记，令后来的风，继续吹拂
风，不丢弃，它途径的路程
即使，突然面临万丈深渊
它发出呼叫，加速，回旋
……轻缓，着陆
像拿到了一件失而复得的果实
换了一副面孔，藏了起来

6

风，关心五谷，有善仁之心
我见到过的谷蔬，都在风中
渐渐成熟。包括，一个孩子
只要学会在风中奔跑
就会长大成人，但至今
没有人对风说过，感恩的话

7

风，命令大海卷巨浪

又令，波平如镜
我怀疑，它浪尖上的刀剑
永远都含在风口
我知道，风的暮年，有一颗
反复出发的弃世之心
无数次，扑打拦住它的岩石

8

风，吹送过西出阳关的壮士
吹送过，前赴后继的朝代
却从没有建立，自己的国度
因为，风知道，史书上那些
显赫的人物，最后的去处

9

风，与云，与雨雪，与尘土
常常同时出现，难舍难分
在遥远的夜空，风晕
在月亮四周，不离不弃
风，深谙植物学、气象学、力学
甚至，从哲学的迷宫里走过
在残缺的中心，在爱的豁口
风，滴下过人类孤独的泪水

10

我翻遍史书，没有找到
风的落脚之地
哪怕是小地方的民国县志
记载过贞女，大盗，甚至怪异
也不肯给风留下，一丝口风
走投无路的风，夺路而出
平地，亦起惊雷

11

风过处，折树枝，掀屋瓦
唯草低伏，依然昂首
风送草叶黄，也吹醒草叶嫩绿的心跳
风有一颗童稚之心
没有它不好奇的事物
而埋于泥土的人，风试图
唤醒他们后辈的胎记

12

风，对停顿的东西最感兴趣
譬如，巨石屹立，风会上前

搬一搬，弹回自己柔软无骨的身子
会找到划痕擦拭过的凹陷
风打听石头的年代，出处
风就老了，啃不下一粒砂子

13

唯有风
才能凿穿一条风的通道
在戈壁，在星星峡，在魔鬼城
在雅丹，风摧毁着什么
又想护持什么

14

万千雪花飘落
那是风，刚刚走过
风雪，风雪，风骑骆驼过沙漠

15

风，吹黄一枚杏子
也是小心翼翼，夜以继日的
它有苦衷，无人能懂

16

风，对飘忽不定的事物
追住不放
风从来都对云的形状不满意
看见胡思乱想的云
风都想将它们聚集在一起
它们越聚越多，就会蓄积暴力
雷霆不是风
闪电才是风的鞭子

17

风会送来春天，也赐予大地
风暴般的力量
抵御漫漫长夜的烛光
请风不要吹歪它正直的光

18

风，搭乘一架向上攀援的梯子
星星为它引路
风想探知云朵之上
无际涯的明亮和黑暗

以光线为媒，达成互换的默契

19

风有迷醉的事物
像刺爱上玫瑰，犁深耕于泥土
时间使它锃亮，或锈蚀
风啃噬自己的，关隘
唯有风，才会令时间的楼兰失守

20

给风留下清理尘埃的时间吧
缩小的旧屋，在我们苍老的目光里
变矮。陷入四季轮番不息的步履
有孩童，摇摇晃晃的学语，将它追逐

21

风，会喜欢上婴儿车
也会喜欢轮椅，和拐杖

风，又走向一条大河之上的桥梁

22

在枝条与枝条之间，促膝交谈的风
为春天留出一段暮色轻踩的路径

在少年与河流之间，有一座木头搭建的便桥
替村庄，故意弯下月色的疏淡，过滤远山的恬静

23

风吹送什么，什么就是风
你独对什么，什么就是你对抗的韧劲和耐受力
一张空下来的椅子，是否卸下了刚刚起身人的倦怠

24

世间所有的爱
都是一场徒劳的风，一条迷途不知返的河流